FALSCHES SPIEL

Lady S.

BAND 4:
FALSCHES SPIEL

Zeichnungen & Farbe
Philippe Aymond

Szenario
Jean Van Hamme

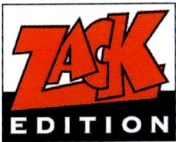

Originaltitel: Lady S. — Jeu de dupes

Aus dem Französischen von Marcel Le Comte
Chefredaktion: Georg F.W. Tempel
Herausgeber: Klaus D. Schleiter

Druck: Druckhaus Humburg GmbH, Am Hilgeskamp 51-57, Bremen

Lady S. — Jeu de dupes
© DUPUIS 2007, by Van Hamme, Aymond
www.dupuis.com
All rights reserved

Für die deutschsprachige Ausgabe:
© 2010 MOSAIK Steinchen für Steinchen Verlag + PROCOM Werbeagentur GmbH
Lindenallee 5, 14050 Berlin.

www.zack-magazin.com

ISBN: 978-3-941815-55-1

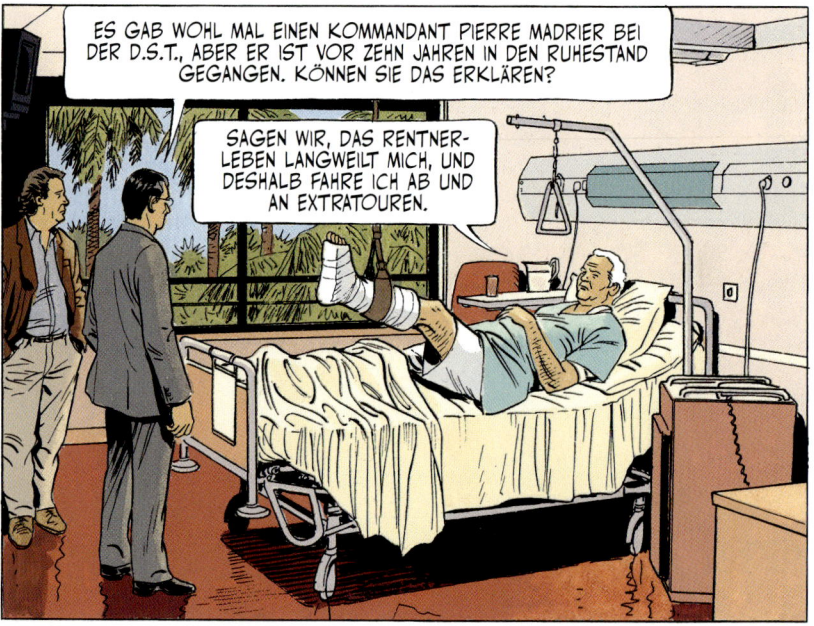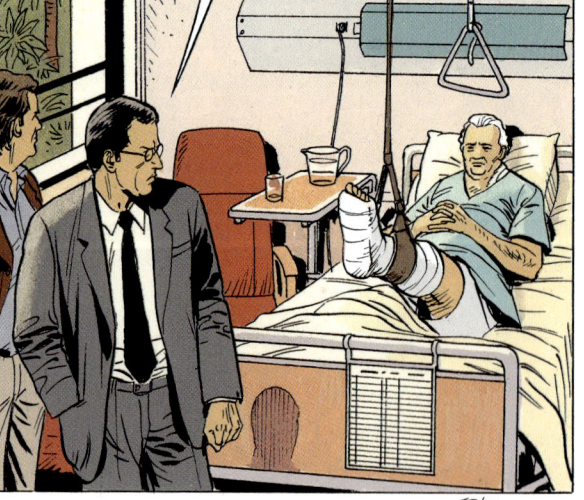

ARDES LIEGT IN DIESER RICHTUNG, 14 KM. ABER UM DIESE UHRZEIT LAUFEN HIER NUR NOCH EIN PAAR STEINBÖCKE RUM. SIE SOLLTEN LIEBER MIT MIR NACH BRIOUDE FAHREN UND MORGEN ZURÜCKKOMMEN.
WISSEN SIE, WO DER JÄGERPASS LIEGT? ICH FINDE IHN NICHT AUF DER KARTE.
NACH 5 KM IN RICHTUNG ARDES SEHEN SIE AUF DER LINKEN SEITE EINEN KLEINEN WEG, DER ZUM PASS FÜHRT. ABER DA OBEN GIBT ES NICHTS AUSSER EINER ART ALTENHEIM FÜR DURCHGEKNALLTE PENSIONÄRE.
DAS MONTAGNE FLEURIE, ICH WEISS.
MEINE TANTE BRENDA IST DORT. UND HEUTE HAT SIE GEBURTSTAG.
AH ... TUT MIR LEID. WEGEN DER DURCHGEKNALLTEN, MEINE ICH.
France
Auvergne
Limousin
ACH WAS. DANKE FÜRS MITNEHMEN.
GERNE. SAGEN SIE, IHR AKZENT ... SIND SIE ENGLÄNDERIN?
NEUSEELÄNDERIN. KOMMEN SIE GUT NACH HAUSE.
JD/31

DONG DONG

OH, MEINE ARME KLEINE, SCHNELL HEREIN MIT IHNEN ...

SIND ... SIND SIE BETELGEUSE?

JA. KOMMEN SIE, WÄRMEN SIE SICH AM FEUER, SIE SIND JA VÖLLIG DURCHNÄSST!

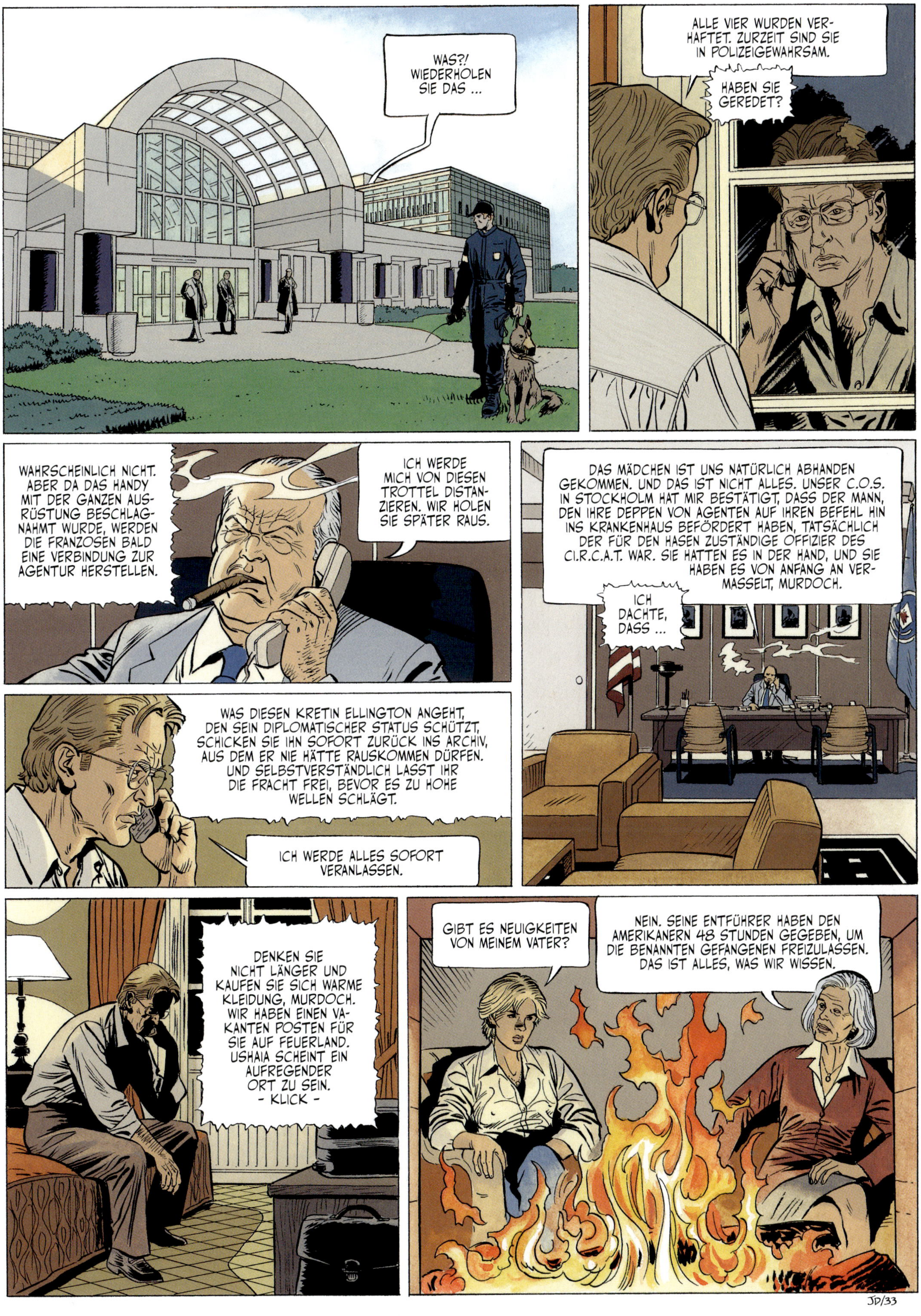
WAS?! WIEDERHOLEN SIE DAS ...
ALLE VIER WURDEN VERHAFTET. ZURZEIT SIND SIE IN POLIZEIGEWAHRSAM.
HABEN SIE GEREDET?
WAHRSCHEINLICH NICHT. ABER DA DAS HANDY MIT DER GANZEN AUSRÜSTUNG BESCHLAGNAHMT WURDE, WERDEN DIE FRANZOSEN BALD EINE VERBINDUNG ZUR AGENTUR HERSTELLEN.
ICH WERDE MICH VON DIESEN TROTTEL DISTANZIEREN. WIR HOLEN SIE SPÄTER RAUS.
DAS MÄDCHEN IST UNS NATÜRLICH ABHANDEN GEKOMMEN. UND DAS IST NICHT ALLES. UNSER C.O.S. IN STOCKHOLM HAT MIR BESTÄTIGT, DASS DER MANN, DEN IHRE DEPPEN VON AGENTEN AUF IHREN BEFEHL HIN INS KRANKENHAUS BEFÖRDERT HABEN, TATSÄCHLICH DER FÜR DEN HASEN ZUSTÄNDIGE OFFIZIER DES CI.R.C.A.T. WAR. SIE HATTEN ES IN DER HAND, UND SIE HABEN ES VON ANFANG AN VERMASSELT, MURDOCH.
ICH DACHTE, DASS ...
WAS DIESEN KRETIN ELLINGTON ANGEHT, DEN SEIN DIPLOMATISCHER STATUS SCHÜTZT, SCHICKEN SIE IHN SOFORT ZURÜCK INS ARCHIV, AUS DEM ER NIE HÄTTE RAUSKOMMEN DÜRFEN. UND SELBSTVERSTÄNDLICH LASST IHR DIE FRACHT FREI, BEVOR ES ZU HOHE WELLEN SCHLÄGT.
ICH WERDE ALLES SOFORT VERANLASSEN.
DENKEN SIE NICHT LÄNGER UND KAUFEN SIE SICH WARME KLEIDUNG, MURDOCH. WIR HABEN EINEN VAKANTEN POSTEN FÜR SIE AUF FEUERLAND. USHAIA SCHEINT EIN AUFREGENDER ORT ZU SEIN.
- KLICK -
GIBT ES NEUIGKEITEN VON MEINEM VATER?
NEIN. SEINE ENTFÜHRER HABEN DEN AMERIKANERN 48 STUNDEN GEGEBEN, UM DIE BENANNTEN GEFANGENEN FREIZULASSEN. DAS IST ALLES, WAS WIR WISSEN.
JD/33

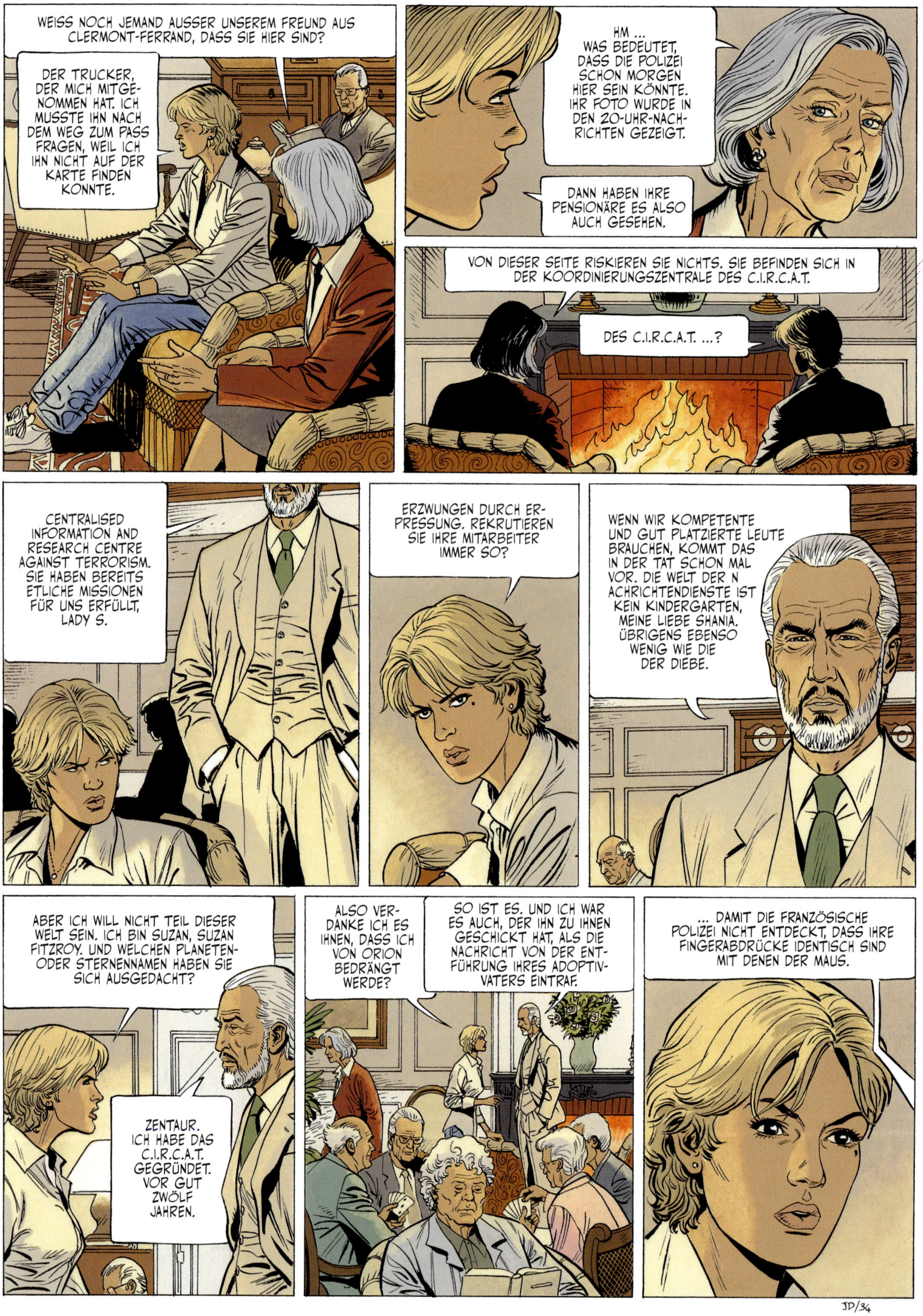
WEISS NOCH JEMAND AUSSER UNSEREM FREUND AUS CLERMONT-FERRAND, DASS SIE HIER SIND?
DER TRUCKER, DER MICH MITGENOMMEN HAT. ICH MUSSTE IHN NACH DEM WEG ZUM PASS FRAGEN, WEIL ICH IHN NICHT AUF DER KARTE FINDEN KONNTE.
HM ... WAS BEDEUTET, DASS DIE POLIZEI SCHON MORGEN HIER SEIN KÖNNTE. IHR FOTO WURDE IN DEN 20-UHR-NACHRICHTEN GEZEIGT.
DANN HABEN IHRE PENSIONÄRE ES ALSO AUCH GESEHEN.
VON DIESER SEITE RISKIEREN SIE NICHTS. SIE BEFINDEN SICH IN DER KOORDINIERUNGSZENTRALE DES C.I.R.C.A.T.
DES C.I.R.C.A.T. ...?
CENTRALISED INFORMATION AND RESEARCH CENTRE AGAINST TERRORISM. SIE HABEN BEREITS ETLICHE MISSIONEN FÜR UNS ERFÜLLT, LADY S.
ERZWUNGEN DURCH ERPRESSUNG. REKRUTIEREN SIE IHRE MITARBEITER IMMER SO?
WENN WIR KOMPETENTE UND GUT PLATZIERTE LEUTE BRAUCHEN, KOMMT DAS IN DER TAT SCHON MAL VOR. DIE WELT DER N ACHRICHTENDIENSTE IST KEIN KINDERGARTEN, MEINE LIEBE SHANIA. ÜBRIGENS EBENSO WENIG WIE DIE DER DIEBE.
ABER ICH WILL NICHT TEIL DIESER WELT SEIN. ICH BIN SUZAN, SUZAN FITZROY. UND WELCHEN PLANETEN- ODER STERNENNAMEN HABEN SIE SICH AUSGEDACHT?
ZENTAUR. ICH HABE DAS C.I.R.C.A.T. GEGRÜNDET. VOR GUT ZWÖLF JAHREN.
ALSO VERDANKE ICH ES IHNEN, DASS ICH VON ORION BEDRÄNGT WERDE?
SO IST ES. UND ICH WAR ES AUCH, DER IHN ZU IHNEN GESCHICKT HAT, ALS DIE NACHRICHT VON DER ENTFÜHRUNG IHRES ADOPTIVVATERS EINTRAF.
... DAMIT DIE FRANZÖSISCHE POLIZEI NICHT ENTDECKT, DASS IHRE FINGERABDRÜCKE IDENTISCH SIND MIT DENEN DER MAUS.
JD/34

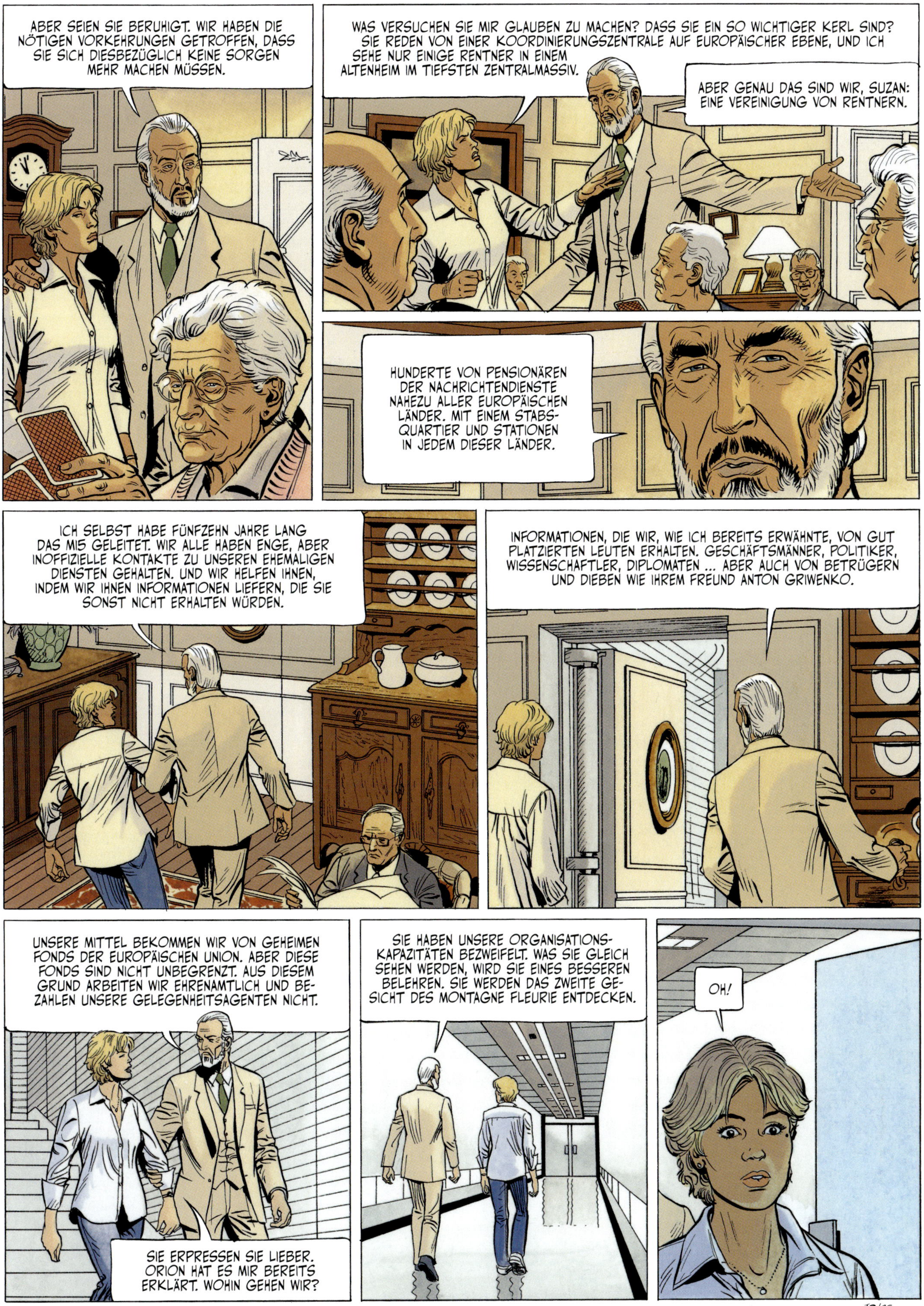
ABER SEIEN SIE BERUHIGT. WIR HABEN DIE NÖTIGEN VORKEHRUNGEN GETROFFEN, DASS SIE SICH DIESBEZÜGLICH KEINE SORGEN MEHR MACHEN MÜSSEN.
WAS VERSUCHEN SIE MIR GLAUBEN ZU MACHEN? DASS SIE EIN SO WICHTIGER KERL SIND? SIE REDEN VON EINER KOORDINIERUNGSZENTRALE AUF EUROPÄISCHER EBENE, UND ICH SEHE NUR EINIGE RENTNER IN EINEM ALTENHEIM IM TIEFSTEN ZENTRALMASSIV.
ABER GENAU DAS SIND WIR, SUZAN: EINE VEREINIGUNG VON RENTNERN.
HUNDERTE VON PENSIONÄREN DER NACHRICHTENDIENSTE NAHEZU ALLER EUROPÄISCHEN LÄNDER. MIT EINEM STABSQUARTIER UND STATIONEN IN JEDEM DIESER LÄNDER.
ICH SELBST HABE FÜNFZEHN JAHRE LANG DAS MI5 GELEITET. WIR ALLE HABEN ENGE, ABER INOFFIZIELLE KONTAKTE ZU UNSEREN EHEMALIGEN DIENSTEN GEHALTEN. UND WIR HELFEN IHNEN, INDEM WIR IHNEN INFORMATIONEN LIEFERN, DIE SIE SONST NICHT ERHALTEN WÜRDEN.
INFORMATIONEN, DIE WIR, WIE ICH BEREITS ERWÄHNTE, VON GUT PLATZIERTEN LEUTEN ERHALTEN. GESCHÄFTSMÄNNER, POLITIKER, WISSENSCHAFTLER, DIPLOMATEN ... ABER AUCH VON BETRÜGERN UND DIEBEN WIE IHREM FREUND ANTON GRIWENKO.
UNSERE MITTEL BEKOMMEN WIR VON GEHEIMEN FONDS DER EUROPÄISCHEN UNION. ABER DIESE FONDS SIND NICHT UNBEGRENZT. AUS DIESEM GRUND ARBEITEN WIR EHRENAMTLICH UND BEZAHLEN UNSERE GELEGENHEITSAGENTEN NICHT.
SIE ERPRESSEN SIE LIEBER. ORION HAT ES MIR BEREITS ERKLÄRT. WOHIN GEHEN WIR?
SIE HABEN UNSERE ORGANISATIONSKAPAZITÄTEN BEZWEIFELT. WAS SIE GLEICH SEHEN WERDEN, WIRD SIE EINES BESSEREN BELEHREN. SIE WERDEN DAS ZWEITE GESICHT DES MONTAGNE FLEURIE ENTDECKEN.
OH!

JD/35

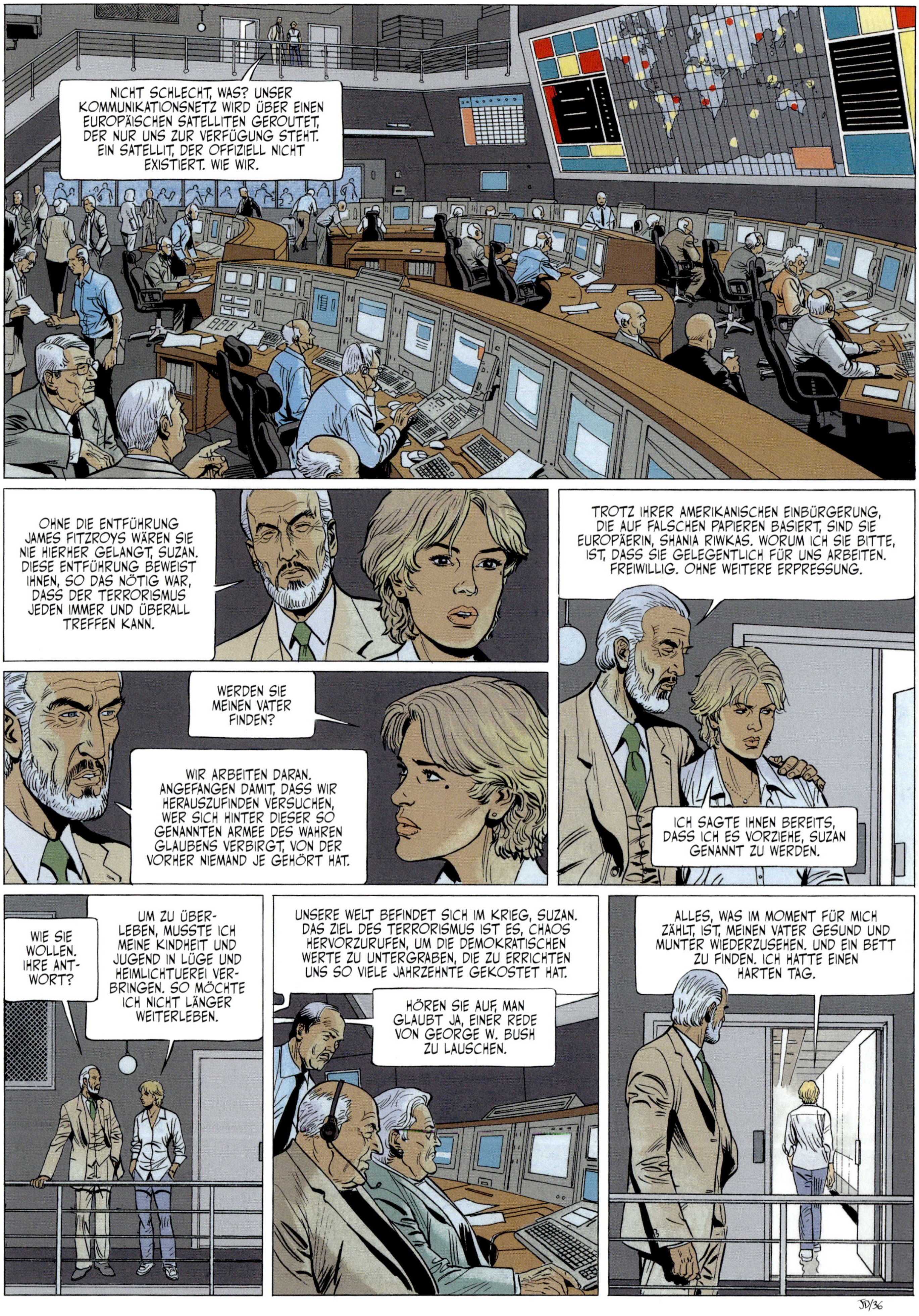
NICHT SCHLECHT, WAS? UNSER KOMMUNIKATIONSNETZ WIRD ÜBER EINEN EUROPÄISCHEN SATELLITEN GEROUTET, DER NUR UNS ZUR VERFÜGUNG STEHT. EIN SATELLIT, DER OFFIZIELL NICHT EXISTIERT. WIE WIR.
OHNE DIE ENTFÜHRUNG JAMES FITZROYS WÄREN SIE NIE HIERHER GELANGT, SUZAN. DIESE ENTFÜHRUNG BEWEIST IHNEN, SO DAS NÖTIG WAR, DASS DER TERRORISMUS JEDEN IMMER UND ÜBERALL TREFFEN KANN.
TROTZ IHRER AMERIKANISCHEN EINBÜRGERUNG, DIE AUF FALSCHEN PAPIEREN BASIERT, SIND SIE EUROPÄERIN, SHANIA RIWKAS. WORUM ICH SIE BITTE, IST, DASS SIE GELEGENTLICH FÜR UNS ARBEITEN. FREIWILLIG. OHNE WEITERE ERPRESSUNG.
ICH SAGTE IHNEN BEREITS, DASS ICH ES VORZIEHE, SUZAN GENANNT ZU WERDEN.
WERDEN SIE MEINEN VATER FINDEN?
WIR ARBEITEN DARAN. ANGEFANGEN DAMIT, DASS WIR HERAUSZUFINDEN VERSUCHEN, WER SICH HINTER DIESER SO GENANNTEN ARMEE DES WAHREN GLAUBENS VERBIRGT, VON DER VORHER NIEMAND JE GEHÖRT HAT.
WIE SIE WOLLEN. IHRE ANTWORT?
UM ZU ÜBERLEBEN, MUSSTE ICH MEINE KINDHEIT UND JUGEND IN LÜGE UND HEIMLICHTUEREI VERBRINGEN. SO MÖCHTE ICH NICHT LÄNGER WEITERLEBEN.
UNSERE WELT BEFINDET SICH IM KRIEG, SUZAN. DAS ZIEL DES TERRORISMUS IST ES, CHAOS HERVORZURUFEN, UM DIE DEMOKRATISCHEN WERTE ZU UNTERGRABEN, DIE ZU ERRICHTEN UNS SO VIELE JAHRZEHNTE GEKOSTET HAT.
HÖREN SIE AUF, MAN GLAUBT JA, EINER REDE VON GEORGE W. BUSH ZU LAUSCHEN.
ALLES, WAS IM MOMENT FÜR MICH ZÄHLT, IST, MEINEN VATER GESUND UND MUNTER WIEDERZUSEHEN. UND EIN BETT ZU FINDEN. ICH HATTE EINEN HARTEN TAG.
JD/36

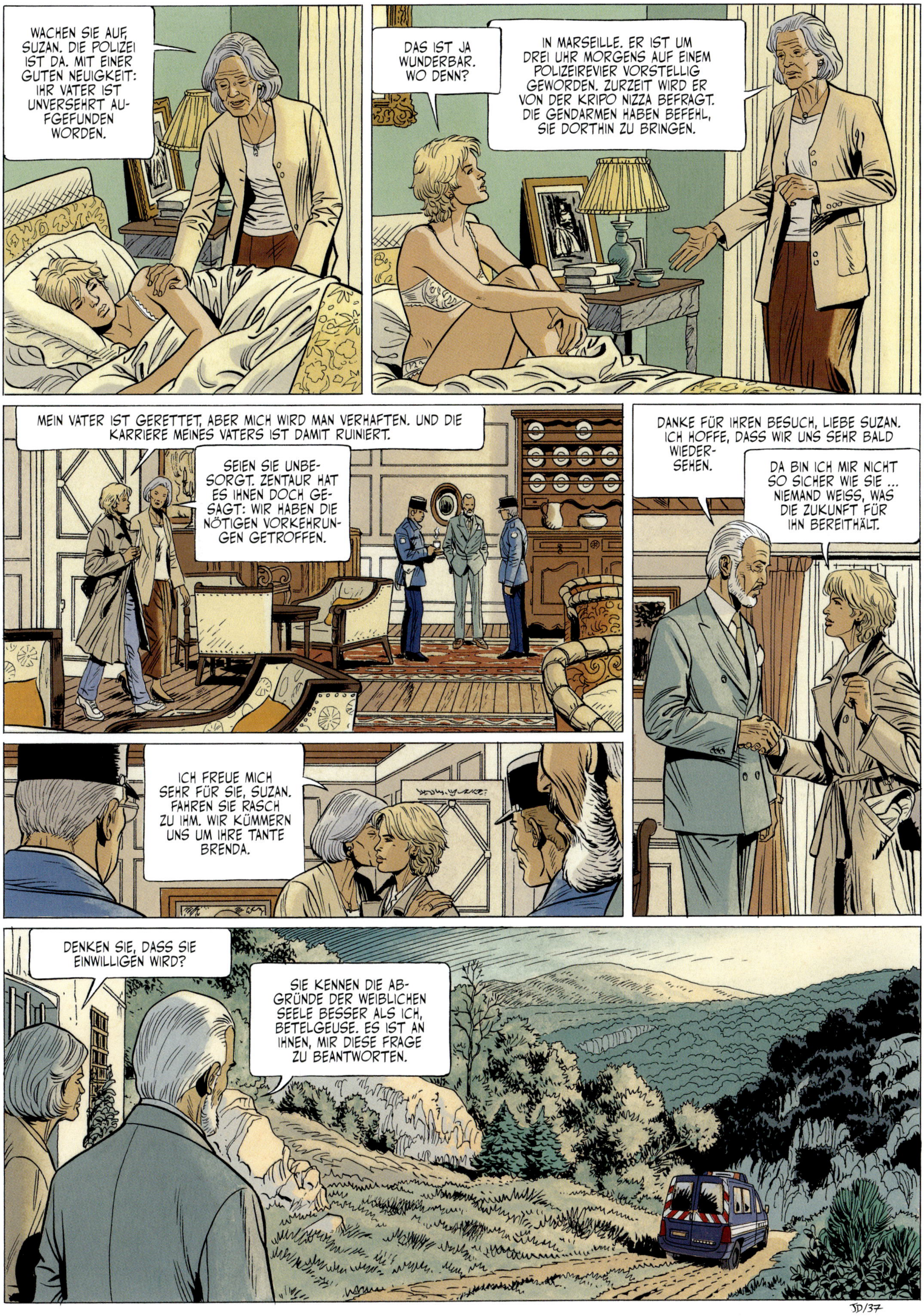

WACHEN SIE AUF, SUZAN. DIE POLIZEI IST DA. MIT EINER GUTEN NEUIGKEIT: IHR VATER IST UNVERSEHRT AUFGEFUNDEN WORDEN.
DAS IST JA WUNDERBAR. WO DENN?
IN MARSEILLE. ER IST UM DREI UHR MORGENS AUF EINEM POLIZEIREVIER VORSTELLIG GEWORDEN. ZURZEIT WIRD ER VON DER KRIPO NIZZA BEFRAGT. DIE GENDARMEN HABEN BEFEHL, SIE DORTHIN ZU BRINGEN.
MEIN VATER IST GERETTET, ABER MICH WIRD MAN VERHAFTEN. UND DIE KARRIERE MEINES VATERS IST DAMIT RUINIERT.
SEIEN SIE UNBESORGT. ZENTAUR HAT ES IHNEN DOCH GESAGT: WIR HABEN DIE NÖTIGEN VORKEHRUNGEN GETROFFEN.
DANKE FÜR IHREN BESUCH, LIEBE SUZAN. ICH HOFFE, DASS WIR UNS SEHR BALD WIEDERSEHEN.
DA BIN ICH MIR NICHT SO SICHER WIE SIE ... NIEMAND WEISS, WAS DIE ZUKUNFT FÜR IHN BEREITHÄLT.
ICH FREUE MICH SEHR FÜR SIE, SUZAN. FAHREN SIE RASCH ZU IHM. WIR KÜMMERN UNS UM IHRE TANTE BRENDA.
DENKEN SIE, DASS SIE EINWILLIGEN WIRD?
SIE KENNEN DIE ABGRÜNDE DER WEIBLICHEN SEELE BESSER ALS ICH, BETELGEUSE. ES IST AN IHNEN, MIR DIESE FRAGE ZU BEANTWORTEN.
JD/37

MH ... MONSIEUR FITZROY GEHT ES GUT. ER WARTET IN IHRER VILLA IN MENTON AUF SIE. DOCH BEVOR WIR SIE DORTHIN FAHREN, HABEN KOMMISSAR DUROC UND ICH IHNEN EINIGE FRAGEN ZU STELLEN.

BEZÜGLICH EINER MAUS. ERINNERT SIE DAS AN IRGENDWAS?

DIE EINZIGEN MÄUSE, DIE ICH KENNE, SIND DIE MEINES COMPUTERS, DIE AUS SPECK UND MICKY MAUS.
HMM ... SEHR AMÜSANT, MISS FITZROY.
WIE ERKLÄREN SIE ES DANN, DASS DIE IN IHREM ZIMMER IN MENTON GEFUNDENEN FINGERABDRÜCKE MIT DENEN EINER „DIE MAUS" GENANNTEN EINBRECHERIN ÜBEREINSTIMMEN, DIE VOR GUT ZEHN JAHREN AN DER GESAMTEN CÔTE D'AZUR GEWÜTET HAT?
AUF GANZ PLAUSIBLE ART ...
IHRE EINBRECHERIN IST WIEDER AKTIV GEWORDEN UND HAT UNSERE VILLA VOR UNSERER ANKUNFT HEIMGESUCHT.
IN DER TAT PLAUSIBEL. ABER NICHT AUSREICHEND FÜR UNS.
BEWEISEN SIE ES.
ES SIEHT SO AUS, ALS SEI DIE AKTE DER MAUS AUF GEHEIMNISVOLLE WEISE VERSCHWUNDEN ... UND ALLE SIE BETREFFENDEN DATEN SIND AUF DEM ZENTRALCOMPUTER UND DEN NEBENSTELLEN GELÖSCHT WORDEN. DIE MAUS SCHEINT BESCHÜTZER AN WICHTIGEN STELLEN ZU HABEN.
ABER WIR HABEN EIN ANDERES MITTEL, UM DIE WAHRHEIT HERAUSZUFINDEN. PLANTON, BRINGEN SIE DUBOSQ REIN.
DIESER MANN WAR DER HEHLER DER MAUS. ER TSITZT GERADE EINE FÜNFJÄHRIGE HAFTSTRAFE AB. ERKENNEN SIE IHN VIELLEICHT?
NEIN, DAS IST SIE NICHT. DIE MAUS HATTE SCHWARZE HAARE, BLAUE AUGEN UND KEINEN LEBERFLECK.
JD/39

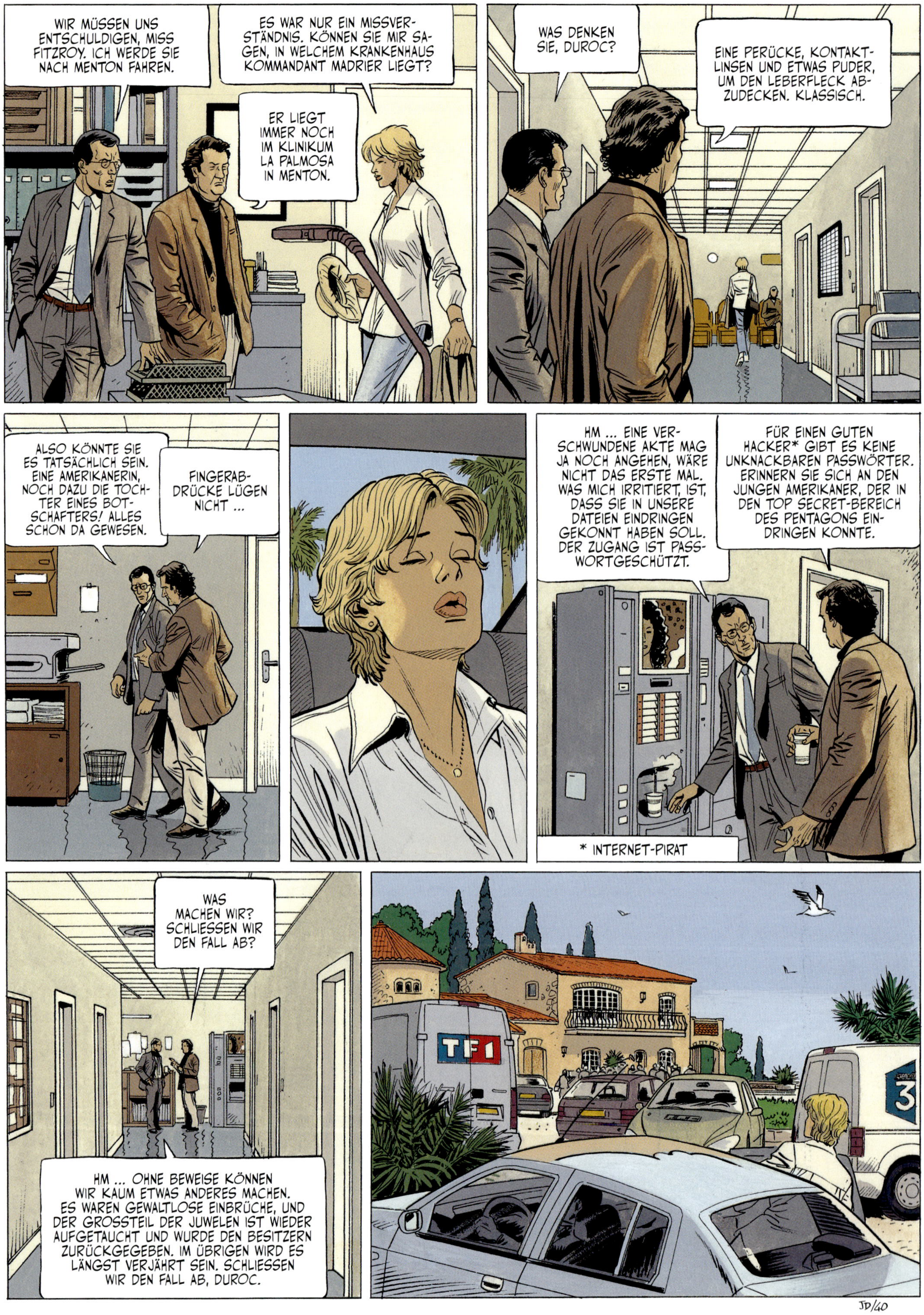
WIR MÜSSEN UNS ENTSCHULDIGEN, MISS FITZROY. ICH WERDE SIE NACH MENTON FAHREN.
ES WAR NUR EIN MISSVERSTÄNDNIS. KÖNNEN SIE MIR SAGEN, IN WELCHEM KRANKENHAUS KOMMANDANT MADRIER LIEGT?
ER LIEGT IMMER NOCH IM KLINIKUM LA PALMOSA IN MENTON.
WAS DENKEN SIE, DUROC?
EINE PERÜCKE, KONTAKTLINSEN UND ETWAS PUDER, UM DEN LEBERFLECK ABZUDECKEN. KLASSISCH.
ALSO KÖNNTE SIE ES TATSÄCHLICH SEIN. EINE AMERIKANERIN, NOCH DAZU DIE TOCHTER EINES BOTSCHAFTERS! ALLES SCHON DA GEWESEN.
FINGERABDRÜCKE LÜGEN NICHT ...
HM ... EINE VERSCHWUNDENE AKTE MAG JA NOCH ANGEHEN, WÄRE NICHT DAS ERSTE MAL. WAS MICH IRRITIERT, IST, DASS SIE IN UNSERE DATEIEN EINDRINGEN GEKONNT HABEN SOLL. DER ZUGANG IST PASSWORTGESCHÜTZT.
FÜR EINEN GUTEN HACKER* GIBT ES KEINE UNKNACKBAREN PASSWÖRTER. ERINNERN SIE SICH AN DEN JUNGEN AMERIKANER, DER IN DEN TOP SECRET-BEREICH DES PENTAGONS EINDRINGEN KONNTE.
* INTERNET-PIRAT
WAS MACHEN WIR? SCHLIESSEN WIR DEN FALL AB?
HM ... OHNE BEWEISE KÖNNEN WIR KAUM ETWAS ANDERES MACHEN. ES WAREN GEWALTLOSE EINBRÜCHE, UND DER GROSSTEIL DER JUWELEN IST WIEDER AUFGETAUCHT UND WURDE DEN BESITZERN ZURÜCKGEGEBEN. IM ÜBRIGEN WIRD ES LÄNGST VERJÄHRT SEIN. SCHLIESSEN WIR DEN FALL AB, DUROC.
TF1
JD/40

KURZ GESAGT, ICH WEISS NICHTS ÜBER DIE IDENTITÄT MEINER ENTFÜHRER ODER ÜBER DIE GRÜNDE, WARUM SIE MICH FREI LIESSEN, OHNE BEKOMMEN ZU HABEN, WAS SIE VERLANGTEN.

MONSIEUR FITZROY, DANK DES VON IHRER TOCHTER ANGEFERTIGTEN PHANTOMBILDES KONNTE DIE POLIZEI VIER VERDÄCHTIGE FESTNEHMEN, ALLESAMT AMERIKANER. DREI VON IHNEN SIND ARABISCHER HERKUNFT – WAS HALTEN SIE DAVON?

SUZIE?!

OH, MEIN LIEBLING, ICH HATTE SOLCHE ANGST, DASS DIR ETWAS PASSIERT IST!

UND ICH HATTE ANGST UM DICH, DAD.

FLASH FLASH FLASH

MISS FITZROY, WO HATTEN SIE SICH VERSTECKT?

WARUM WURDEN SIE VON DER POLIZEI GESUCHT?

ZU MEINEM SCHUTZ, NEHME ICH AN. ICH HATTE MICH ZU MEINER ALTEN TANTE BRENDA GEFLÜCHTET, DEM EINZIGEN MENSCHEN, DEN ICH IN FRANKREICH KENNE.

VIELEN DANK, MEINE DAMEN UND HERREN. ICH HOFFE, DIE ERMITTLUNGEN DER POLIZEI WERDEN IHNEN IN DEN KOMMENDEN TAGEN WEITERE INFORMATIONEN LIEFERN.

WAS WAR DAS DENN FÜR EINE GESCHICHTE? DU HAST DOCH NIE EINE TANTE BRENDA GEHABT.

DAS, DADDY, WEISS AUSSER DIR ABER NIEMAND.

SIE HABEN MICH MEHR ALS 24 STUNDEN LANG BEWUSSTLOS GEHALTEN. ALS ICH IN DER NACHT DARAUF AUFWACHTE, KONNTE ICH MICH FREI IN EINEM VERLASSENEN HAUS IN EINEM VORORT MARSEILLES BEWEGEN. ICH BEGRIFF REIN GAR NICHTS.

AUSSER, DASS ES DIR ZU VERDANKEN IST, DASS MEINE ENTFÜHRER SO SCHNELL GEFASST WURDEN.

SIE HATTEN SICHER WEITERE KOMPLIZEN. GLAUBST DU, WIR KÖNNEN ES RISKIEREN, HIER ZU BLEIBEN?

DAS KONSULAT HAT MIR BODYGUARDS AN DIE SEITE GESTELLT. ABER DU HAST RECHT, WIR SOLLTEN NACH WASHINGTON ZURÜCKKEHREN.

EINVERSTANDEN. ABER VORHER HABE ICH NOCH EIN, ZWEI BESORGUNGEN ZU MACHEN.

Klinikum La Palmosa

LADY S! ICH HOFFTE AUF IHREN BESUCH.

ZENTAUR HAT MIR ALLES ERZÄHLT. ER FAND SIE GANZ REIZEND.

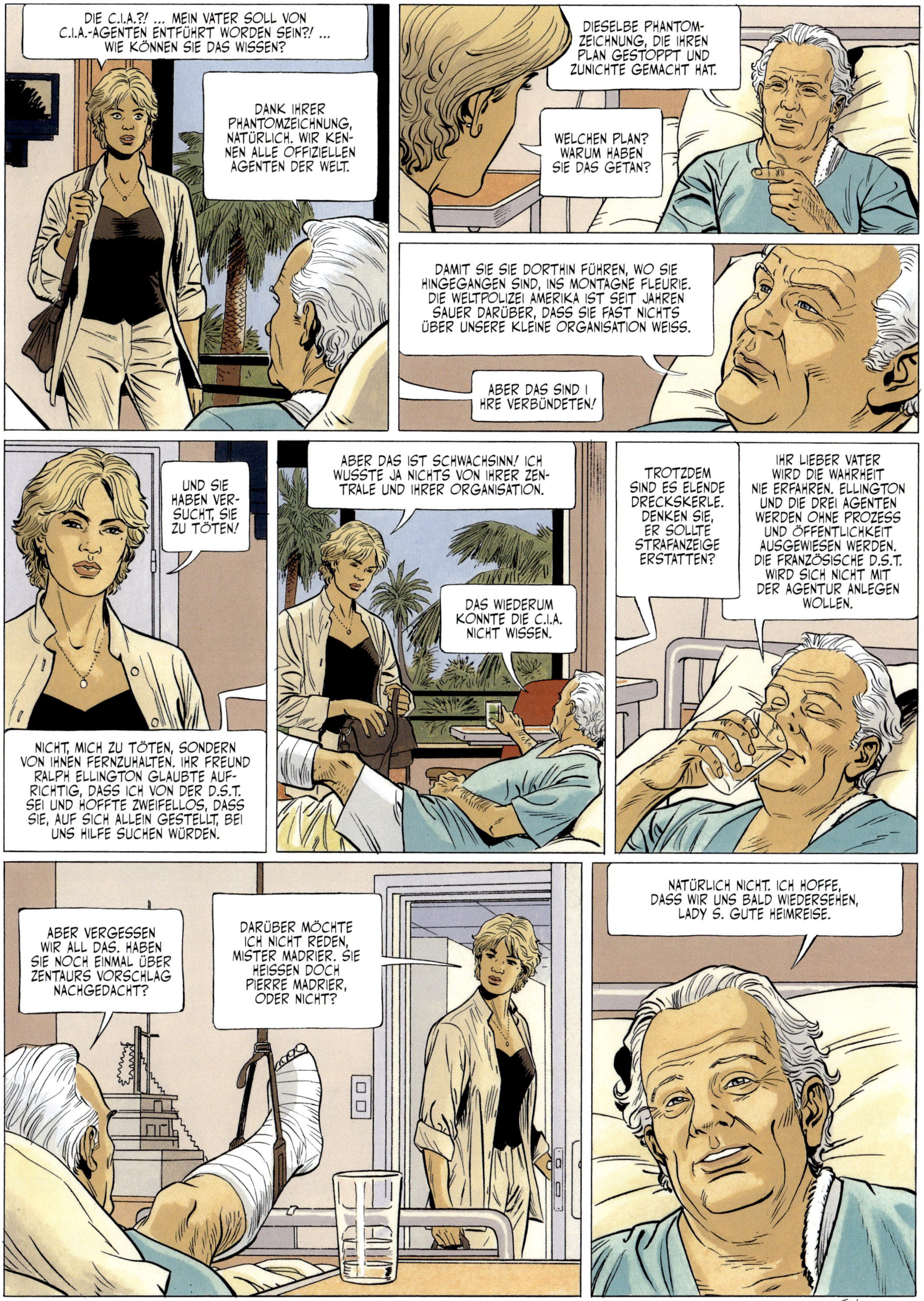
DIE C.I.A.?! ... MEIN VATER SOLL VON C.I.A.-AGENTEN ENTFÜHRT WORDEN SEIN?! ... WIE KÖNNEN SIE DAS WISSEN?
DANK IHRER PHANTOMZEICHNUNG, NATÜRLICH. WIR KENNEN ALLE OFFIZIELLEN AGENTEN DER WELT.
DIESELBE PHANTOMZEICHNUNG, DIE IHREN PLAN GESTOPPT UND ZUNICHTE GEMACHT HAT.
WELCHEN PLAN? WARUM HABEN SIE DAS GETAN?
DAMIT SIE SIE DORTHIN FÜHREN, WO SIE HINGEGANGEN SIND, INS MONTAGNE FLEURIE. DIE WELTPOLIZEI AMERIKA IST SEIT JAHREN SAUER DARÜBER, DASS SIE FAST NICHTS ÜBER UNSERE KLEINE ORGANISATION WEISS.
ABER DAS SIND I HRE VERBÜNDETEN!
UND SIE HABEN VERSUCHT, SIE ZU TÖTEN!
NICHT, MICH ZU TÖTEN, SONDERN VON IHNEN FERNZUHALTEN. IHR FREUND RALPH ELLINGTON GLAUBTE AUFRICHTIG, DASS ICH VON DER D.S.T. SEI UND HOFFTE ZWEIFELLOS, DASS SIE, AUF SICH ALLEIN GESTELLT, BEI UNS HILFE SUCHEN WÜRDEN.
ABER DAS IST SCHWACHSINN! ICH WUSSTE JA NICHTS VON IHRER ZENTRALE UND IHRER ORGANISATION.
DAS WIEDERUM KONNTE DIE C.I.A. NICHT WISSEN.
TROTZDEM SIND ES ELENDE DRECKSKERLE. DENKEN SIE, ER SOLLTE STRAFANZEIGE ERSTATTEN?
IHR LIEBER VATER WIRD DIE WAHRHEIT NIE ERFAHREN. ELLINGTON UND DIE DREI AGENTEN WERDEN OHNE PROZESS UND ÖFFENTLICHKEIT AUSGEWIESEN WERDEN. DIE FRANZÖSISCHE D.S.T. WIRD SICH NICHT MIT DER AGENTUR ANLEGEN WOLLEN.
ABER VERGESSEN WIR ALL DAS. HABEN SIE NOCH EINMAL ÜBER ZENTAURS VORSCHLAG NACHGEDACHT?
DARÜBER MÖCHTE ICH NICHT REDEN, MISTER MADRIER. SIE HEISSEN DOCH PIERRE MADRIER, ODER NICHT?
NATÜRLICH NICHT. ICH HOFFE, DASS WIR UNS BALD WIEDERSEHEN, LADY S. GUTE HEIMREISE.
JD/43

SHANIUSCHKA ...
ANTON?! WAS MACHST DU DENN HIER?
ORION HAT MICH WISSEN LASSEN, DASS DU IHN WAHRSCHEINLICH BESUCHEN KOMMST ...
... UND ICH WOLLTE DIR EIN KLEINES GESCHENK MACHEN.
WAS IST ES?
EINE JUGENDERINNERUNG, FÜR DEINE ALTEN TAGE.
??
KRIMINALPOLIZEI REGION PACA
AKTE NR.: C4874915
Die Maus
HAST DU ETWA ...?
EIN KINDERSPIEL FÜR EINEN PROFI, KLEINE SCHWESTER. MAGST DU MEIN GESCHENK?
OH ANTON, ICH LIEBE ES. DU HAST MIR DAS LEBEN GERETTET!
UND DAS NICHT ZUM ERSTEN MAL. SEHEN WIR UNS BALD WIEDER?
AIR FRANCE
ES TUT MIR LEID, DASS ICH DEINEN URLAUB VERMASSELT HABE, SUZIE.
RED KEINEN UNSINN, DAD. URLAUBE WERDEN WIR NOCH VIELE ERLEBEN. UND WENIGER AUFREGENDE, HOFFE ICH.
JVH + PhA 07
ENDE
JD/44